句集

湖の辺にして

古賀しぐれ

角川書店

句集　湖の辺にして／目次

装幀　真崎琴実（ＴＳＴＪ）

句集　湖の辺にして

平成三十年（二〇一八年）

一燭に闇のあつまる堂朧

闇朧寺格子とは覗きたく

桜東風出世頭は十両に

朝稽古黙の声援あたたかし

桐の花高きは城の雲となる

緑蔭のベンチは風の城見席

釣人の俳人の黙行行子

青鷺と同じ水面を見つめ釣る

木洩日にさへもつまづきつつ鹿の子

風鈴の呼び込む元祖奈良漬屋

鹿煎餅売る緑蔭の端を借り

飛火野てふ三万坪の草いきれ

雲湧くや仁王大暑の力瘤

蟬時雨にも名園の調べあり

水に置く白蓮の陣雲の陣
風の浮舟ひとひらの散蓮華

あしか涼し空飛ぶやうに水をゆく

不動なる万緑の水河馬の水

大南風水平線へ帆を送る

ヨットの帆太陽傾けてターン

夕焼や帆影をたたみつつ帰港

切れさうに点き蜑小屋の誘蛾灯

一軸は虚子の一筆冷し酒

川魚は嫌ひと言うて鰻飯

萩の宿句座の扁額古壺新酒

湖隠す萩括りてもくくりても

盆僧の憩うてをりぬ浮御堂

湖に向く雨戸閉て切り野分宿

どの道も山にぶつかり稲の秋

あなたなる山の流麗句碑の秋

大樹倒れし露の世に句を遺し

倒木の声なき叫び鉦叩

神将の闇より解かれ萩の風

遠回りしても踏みたき磴の秋

露けしや一寺一社に子規の影

霧込めて水軍の瀬戸らしくなる

水軍の瀬戸は紺碧青蜜柑

小鳥来る風禍の記憶消すやうに

叡山の秋日断ちけり杉襖

蒼天に塔軒の端に吊し柿

寺田屋へ龍馬ファン来る小鳥来る

紅葉もて紅葉に応へ水鏡

薪焼べて十一月の町屋カフェ
風の子のけふは神の子七五三

返り花てふ仏心のひとしづく

落葉掃く音石畳苔畳

一燭の百畳伽藍時雨冷
底冷の底百畳のがらんどう

方丈の板張の哭く霜夜かな

冬銀河天井の龍深眠り

青写真昭和貧しく面白く

煤逃や武士の世へ潜り込む

天守てふ光に向ひ冬木の芽

平成三十一年（二〇一九年）

酒蔵の三和土に転び年の豆

梅の宿甑倒の無礼講

鳥帰る淡海に了る酒仕込

お多福も般若も佳人梅の花

湯気ゆたかなり春節の中華街

実習船沖は春光もて迎ふ

デージーの日溜ほどの佳き報せ

囀の二の丸黙の角櫓

料峭の路地善哉屋蛸焼屋

啓蟄やライスカレーに生卵

令和元年（二〇一九年）

木の芽冷浄め上げたる宮土俵

虫出の雷序の口の朝稽古

波の上に花のはじまる浮見堂

平成の桜を仕舞ひ古都の雨

月濡れてをり春暁の湖の上

万葉の一書繙く古都日永

淡海は古き水甕麦の秋

弥陀の風五月雨萩の乱れ解く

城下町大動脈の淀涼し

舟遊淀の閘門通りやんせ

クルーズの六甲ビールもて乾杯

白シャツの男の祈とは律儀

少年に男の翳半夏雨

ひと筆の浅間小浅間避暑便

万緑の山の一滴より大河

月涼し水の地球の水の上

松涼し淡海に落つる雨雫

鮒鮨や秘蔵の地酒なみなみと

峡涼し棹一本の舟さばき

松の秋浦湿りせる芭蕉句碑

湖中句碑立つ一枚の狭霧より

湖風のうねりに隠れ萩の句碑

秋草の風のしつらへ奈良町屋

仏像に異境の香秋澄めり

霧込の奈落は淡海仰木越

奥比叡霧を閉ざせる杉襖

鳶の輪の沖へかたぶき初嵐

町の名に残る寺の名菊日和

秋麗の野に秀麗の塔の影

吉備の廻廊ゆるやかに冬に入る

雪蛍神代の宮の千木明り

冬紅葉禅道茶道俳句道

ちやんちやんこ忠臣蔵をひとくさり

煤逃の親爺昼より城見酒

夕影は素描の時間枯木道

枯木星大仏殿は闇の芯

令和二年（二〇二〇年）

塔跡は焼失の地や冬木の芽

土手といふ未踏の大地蕗の薹

波音を封印薄氷の渚

長廊下簗百年の春埃

木の芽冷ぽつかりと空くスケジュール

ウイルス禍花見酒とは独り酒

これほどに淋しき花の世を知らず
令和二年しづかに桜をはりけり

交りは花鳥に限る日日長閑

遠蛙鳥獣戯画の世に籠る

柿若葉田水一枚づつ光る

田植終へ一村走り去る水音

時刻む校舎の時計桜の実

青嵐この世笑うてゐる鴉

一条の光は出口青葉闇

大阪城開門蟻の列つづく

文字涼し俳句は縦書に限る

月見草月のにほひの夕しづく

華厳宗大本山の蟬時雨

蟬の一生千年の杜に果つ

一瀑布地球は無二の水の星

龍と見ゆ観音と見ゆ滝頭

目高の子仏の水に隠れけり

蜘蛛の囲の在り処を暴き雨光る

村走る真水の響き五月晴

子規居士も聴きしや真夜の時鳥

朝曇七十五年目の祈

しんしんと祈の中へ蟬時雨

大琵琶の涯は異界へ銀河濃し

寺の子の習字は不得手星祭

稲の花神へ仏へ道岐れ

はじめから逃ぐる算段稲雀

首塚へ野路の灯明曼殊沙華

古代への入口霧の朱雀門

爽やかにあれば句心限りなし

灯火親し句集のあなた語りくる

松手入了へ月影の浮御堂

十三夜孤高の影は湖中句碑

初霜や竈の湯気は奈良茶粥

葱は青味噌は白てふ京女

世話好の浪花女は青葱派

酒好の東男は白葱派

冬灯踏むたび軋む酒梯子

奥蔵に眠る酒樽冬銀河

総身に月光まとひ大枯木

枯木道太陽が往き月が往き

諸人へ貴方へメリークリスマス

二〇二〇年空白の暦果つ

令和三年（二〇二一年）

恵方道牛歩のホ句の道なりし

餅花や寧楽千年の都ぶり

渾沌の世に左義長の炎立つ

氏子衆楕火の番も三日目に

俳諧は枯淡のしらべ冬椿

冬の梅墨書の語る為人

あはあはと月あり臘梅に朝日

啓蟄や雀の覗く籠堂

講ごとに灯る提灯梅月夜

香水講一夜限りの梅の宿

松明の残映二月堂朧

夜の底に響く声明修二会冷

燭明り五体投地の朧影

閼伽井屋の闇より掬ひ水朧

種物も漢方も売り奈良町屋

俳諧は不老妙薬四月馬鹿

終章の舞みづうみへ飛花落花

風となり水となりけり花の果

もののけも神も宿りぬ藤の杜
藤懸けて神木昇龍となる

裏表裏表裏竹落葉

黄菖蒲や亀万年の面構

簗を組む比良の瀬音に逆うて
美しき造形は罠簗を打つ

湖中句碑下五の沈み梅雨出水

はせを句碑辿り湖族の郷涼し

居住ひを正し老舗の鮒鮨屋

茅の輪立ち神の正面定りぬ

盧舎那仏極暑の闇に鎮りぬ

本堂は薬師の宇宙燭涼し

土用凪一帆湖に囚るる

湖風に攫はれまいぞ門火焚く

夕闇を待つ地蔵会の浦小路

浦木戸の風の開け閉て荻の声

湖風に手折る良夜の萩芒

みづうみのこゑ聴き月の縁に酌む

一筋の風のソリスト法師蟬

狐の嫁入畔の灯は彼岸花

ひねもすの日向は淡海吊し柿

味はひは音にもありぬ新走

虚子塔へ水の近江の今年酒

俄なる湖冷酒を温めん

団栗山はまほろばの臍にあり
縄文の世より神の座木の実降る

春日野の木の実が供物ことり塚

大寺の光の散華銀杏散る

切株は俳句の小椅子森小春

冬の柿一二三四あとは空

天に城地に黄落の大日向

冬帝へ飛翔の構天守閣

城見舟とて煤逃の二三人

鯱に残る浪花の冬落暉

きず墨も売ります古梅園小春

懐に百坊を抱き山眠る

令和四年（二〇二二年）

言祝の色紙七彩初硯

一句座の二十の瞳独楽を追ふ

大輪の一生涯や梅椿

落つるとも失せぬ華ぎ玉椿

あたたかや師はそれぞれの胸に生き

うつしゑも遺墨も美しあたたかし

一丘は香の迷路花卯木

水の楽章田園の夏はじめ

降臨の杜降誕の鹿の子守る

蟬に蟬重ね神の木仏の木

逗留の虚子の俤葭戸の間

軸涼し立子左手なる墨書

浦人の般若心経盆夕べ

最澄の山の落日魂送

爽やかに舟より拝す浮御堂

きらきらと湖返し来る銀やんま

萩の雨しづかに蝶をこぼしけり

扁額は汀子の弔句露の宿

冷やかな蒼偲ぶ日の鳰の海

「湖の辺にして」浦町の菊の酒

虫の秋はじまつてをり草の闇

一粒の光の宇宙露の玉

好物はいもたこなんきんタイガース
無花果は嫌ひいちじくジャムは好き

航くほどに沖へと退る鰯雲

秋の航天の涯にて折返す

天辺は鵙の縄張塔日和

先導は鴨でありけり城見舟

浦の鴨日向一枚分浮寝

鳰鳴くも鳴かぬも淋し浦夕べ

朴落葉せり洛中の虚空より

蓮枯れてをり寂滅の水明り

落葉径右大仏のしるべ石

千年の階今朝の散紅葉

水のつまづく百彩の落葉渓

へつつひに煙突土間に聖樹立つ

上方がよろし落語も顔見世も

令和五年（二〇二三年）

六花杜は千古の時止め

池凍つる波紋は昨夜の風名残

寒の水供へ火の神酒の神

酒蔵の濡れどほしなる寒の土間

醪つぶやき酒蔵の寒明くる

梅の磴上り椿の磴下る

白梅や神へ近づく太鼓橋

紅梅や浮世へ戻る太鼓橋

天平の甍を指しぬ桜の芽

子規の句を記し修二会の案内板

郷の土付けて寄進の修二会竹

良弁杉古都千年の朧影

春光を追ひ春光を曳く船路

大いなる霞を脱ぎて帰港せり

雨を切り城へ先陣切る燕

路地を知る燕に先を越されたる

春や春侍ジャパン世界一

神の国野球の国のさくら咲く

花の果詩歌に宿る君の魂
都忘れ俳句行脚に往つたきり

天界へ風のきざはし懸藤

自刃の地天に手向くる桐の花

花樗てふ雲一朶風一朶

奉る笙篳篥の青葉風

竹皮を脱ぎ月光に身を晒す

八景を失ひ淡海さみだるる

鳰の海鳰の浮巣を懐に
蘆隠れ風がくれなる鳰浮巣

南風の浦蜑は湖族の裔といふ

浪の音たてギヤマンに注ぐ地酒

大琵琶の碧噴きこぼしラムネ抜く

青鬼灯青の時間の過ぎやすく

千年の遺伝子神の鹿の子生る

奈良扇古寺巡礼の途に求め

燈連ね祭の空の出来上る

住吉の衆は世話好き祭好き

蟬声の波動城濠渉りけり

城溺れをり蟬時雨蟬時雨

花氷虚は実よりも美しき

一刻の一音正し滴れる

天水に白雲を置き蓮浄土

心頭滅却俳諧の行涼し

秋涼し祈の道は杉を縫ひ

比叡の夕照蜩の杉襖

上品の風爽涼の浮御堂

新松子湖に吹かるる鳶の笛

萩の縁湖へ向けある庭草履

あはうみの闇たたみ寄せ虫の宿

白秋の航青天の尽きざりき

半天の茜全天鰯雲

古歌の苑一葉の秋となりにけり

自然神瑞穂国は豊の秋

俳人は孤独を愛し月の秋

俳人は仲間を愛し月の酒

露の路地堅田に多き文学碑

虚子の文字淡海にこぼれ句碑の秋

蕉翁の虚子の句碑影十三夜

句集　湖の辺にして　畢

あとがき

本集は私の第三句集です。平成三十年の春より令和五年の秋までの作品二百九十五句を収めました。

この間はコロナ禍の只中であり、三年余り句会が出来ないという今までに経験したことのない期間を過ごしました。そんな中インスタグラムで日々の句を発表してきました。写真や動画、曲に合わせての俳句は一味違った趣のあるものです。配信することにより、接触のなかった方々に見ていただけるという利点もあります。俳句は日々の日記。毎日のウォーキングから拾った句も沢山入っています。

多種類の近江米を原料に醸造した実家の酒蔵の清酒は、堅田の浮御堂に建つ高濱虚子の湖中句碑〈**湖もこの辺にして鳥渡る**〉の句に因んで、「湖の辺にして・このへんにして」と名付けられています。

句集名は、この近江の地酒を詠んだ〈「湖の辺にして」浦町の菊の酒〉より、

「湖の辺にして」といたしました。

さまざまな方々が守り継いできた俳誌「未央」。その「未央」五百号の祝賀の年にこの句集を上梓出来ますことを嬉しく思います。これもひとえに誌友の皆様のサポートのお蔭と深謝申し上げます。

編集、出版の一切をお世話になりました皆様に感謝いたします。

令和六年一月吉日

古賀しぐれ

著者略歴

古賀しぐれ（こが　しぐれ）

昭和25年（1950年）　滋賀県大津市生まれ

昭和63年（1988年）「ホトトギス」「未央」入会

平成 6 年（1994年）「ホトトギス」同人

平成22年（2010年）「未央」主宰就任

日本伝統俳句協会参与

大阪俳人クラブ常任理事

句集　『淡海』『大和しうるはし』

現住所

〒631-0026

奈良市学園緑ヶ丘1-13-1

句集　湖の辺にして　このへんにして

初版発行　2024年3月28日

著　者　古賀しぐれ
発行者　石川一郎
発　行　公益財団法人 角川文化振興財団
〒359-0023　埼玉県所沢市東所沢和田3-31-3
ところざわサクラタウン 角川武蔵野ミュージアム
電話 050-1742-0634
https://www.kadokawa-zaidan.or.jp/
発　売　株式会社 KADOKAWA
〒102-8177　東京都千代田区富士見2-13-3
電話 0570-002-301（ナビダイヤル）
https://www.kadokawa.co.jp/
印刷製本　中央精版印刷株式会社

ISBN978-4-04-884578-6　C0092